U0625462

国家出版基金项目
NATIONAL PUBLICATION FOUNDATION

记住乡愁

——留给孩子们的中国民俗文化

刘魁立◎主编

格萨尔

第五辑　口头传统辑（一）

央吉卓玛◎编著

本辑主编　林继富

黑龙江少年儿童出版社

编委会

主 任　刘魁立

副主任　叶　涛　施爱东　李春园

编委会　叶　涛　刘魁立　刘伟波　刘晓峰　刘　托
　　　　孙冬宁　陈连山　李春园　张　勃　林继富
　　　　杨利慧　施爱东　萧　放　黄景春

丛书主编　刘魁立

本辑主编　林继富

序

亲爱的小读者们，身为中国人，你们了解中华民族的民俗文化吗？如果有所了解的话，你们又了解多少呢？

或许，你们认为熟知那些过去的事情是大人们的事，我们小孩儿不容易弄懂，也没必要弄懂那些事情。

其实，传统民俗文化的内涵极为丰富，它既不神秘也不深奥，与每个人的关系十分密切，它随时随地围绕在我们身边，贯穿于整个人生的每一天。

中华民族有很多传统节日，每逢节日都有一些传统民俗文化活动，比如端午节吃粽子，听大人们讲屈原为国为民愤投汨罗江的故事；八月中秋望着圆圆的明月，遐想嫦娥奔月、吴刚伐桂的传说，等等。

我国是一个统一的多民族国家，有 56 个民族，每个民族都有丰富多彩的文化和风俗习惯，这些不同民族的民俗文化共同构筑了中国民俗文化。或许你们听说过藏族长篇史诗《格萨尔王传》

中格萨尔王的英雄气概、蒙古族智慧的化身——巴拉根仓的机智与诙谐、维吾尔族世界闻名的智者——阿凡提的睿智与幽默、壮族歌仙刘三姐的聪慧机敏与歌如泉涌……如果这些你们都有所了解，那就说明你们已经走进了中华民族传统民俗文化的王国。

你们也许看过京剧、木偶戏、皮影戏，看过踩高跷、耍龙灯，欣赏过威风锣鼓，这些都是我们中华民族为世界贡献的艺术珍品。你们或许也欣赏过中国古琴演奏，那是中华文化中的瑰宝。1977年9月5日美国发射的"旅行者1号"探测器上所载的向外太空传达人类声音的金光盘上面，就录制了我国古琴大师管平湖演奏的中国古琴名曲——《流水》。

北京天安门东西两侧设有太庙和社稷坛，那是旧时皇帝举行仪式祭祀祖先和祭祀谷神及土地的地方。另外，在北京城的南北东西四个方位建有天坛、地坛、日坛和月坛，这些地方曾经是皇帝率领百官祭拜天、地、日、月的神圣场所。这些仪式活动说明，我们中国人自古就认为自己是自然的组成部分，因而崇信自然、融入自然，与自然和谐相处。

如今民间仍保存的奉祀关公和妈祖的习俗，则体现了中国人崇尚仁义礼智信、进行自我道德教育的意愿，表达了祈望平安顺达和扶危救困的诉求。

小读者们，你们养过蚕宝宝吗？原产于中国的蚕，真称得上伟大的小生物。蚕宝宝的一生从芝麻粒儿大小的蚕卵算起，中间经历蚁蚕、蚕宝宝、结茧吐丝等过程，到破茧成蛾结束，总共四十余天，却能为我们贡献约一千米长的蚕丝。我国历史悠久的养蚕、丝绸织绣技术自西汉"丝绸之路"诞生那天起就成为东方文明的传播者和象征，为促进人类文明的发展做出了不可磨灭的贡献！

小读者们，你们到过烧造瓷器的窑口，见过工匠师傅们拉坯、上釉、烧窑吗？中国是瓷器的故乡，我们的陶瓷技艺同样为人类文明的发展做出了巨大贡献！中国的英文国名"China"，就是由英文"china"（瓷器）一词转义而来的。

中国的历法、二十四节气、珠算、中医知识体系，都是中华民族传统文化宝库中的珍品。

让我们深感骄傲的中国传统民俗文化博大精深、丰富多彩，课本中的内容是难以囊括的。每向这个领域多迈进一步，你们对历史的认知、对人生的感悟、对生活的热爱与奋斗就会更进一分。

作为中国人，无论你身在何处，那与生俱来的充满民族文化DNA的血液将伴随你的一生，乡音难改，乡情难忘，乡愁恒久。这是你的根，这是你的魂，这种民族文化的传统体现在你身上，是你身份的标识，也是我们作为中国人彼此认同的依据，它作为一种凝聚的力量，把我们整个中华民族大家庭紧紧地联系在一起。

《记住乡愁——留给孩子们的中国民俗文化》丛书，为小读者们全面介绍了传统民俗文化的丰富内容：包括民间史诗传说故事、传统民间节日、民间信仰、礼仪习俗、民间游戏、中国古代建筑技艺、民间手工艺……

各辑的主编、各册的作者，都是相关领域的专家。他们以适合儿童的文笔，选配大量图片，简约精当地介绍每一个专题，希望小读者们读来兴趣盎然、收获颇丰。

在你们阅读的过程中，也许你们的长辈会向你们说起他们曾经的往事，讲讲他们的"乡愁"。那时，你们也许会觉得生活充满了意趣。希望这套丛书能使你们更加珍爱中国的传统民俗文化，让你们为生为中国人而自豪，长大后为中华民族的伟大复兴做出自己的贡献！

亲爱的小读者们，祝你们健康快乐！

二〇一七年十二月

目 录

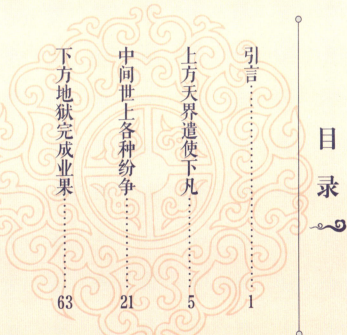

引言

| 引言 |

在古老而神秘的雪域高原，千百年来流传着一部关于英雄的传奇史诗。这部被称为《岭·格萨尔王》的英雄史诗在高原地区可谓家喻户晓、妇孺皆知。在与雪域高原毗邻的其他国家和民族中，也流传着与之相关的歌谣、谚语、故事和传说。雪域众生将《岭·格萨尔王》视为关乎祖先的神圣历史，聆听史诗演述，书写乃至收藏史诗抄本，亦被认为可以避祸远灾、趋吉降福。

据学者考察，《岭·格萨尔王》史诗主要传播于以

格萨尔铜像

青藏高原为核心区域的广大藏区，藏族民众是其传承和接受的主要群体。此外这部史诗在我国蒙古族、土族、纳西族、裕固族、普米族和白族等兄弟民族中也有流传。在上述民族中，《岭·格萨尔王》与该民族的传统文化碰撞融合，产生了包括蒙传、土传等多民族《岭·格萨尔王》史诗版本。值得注意的是，《岭·格萨尔王》的影响力甚至延伸到域外，比如俄罗斯的布里亚特、卡尔梅克地区以及巴基斯坦、尼泊尔等国家和地区。

目前，《岭·格萨尔王》的表现形式包括口头演述、抄刻本、唐卡、壁画、石板画、木板画以及铜塑、木塑、陶塑等。在史诗的众多表现形式中，口头演述最为喜闻乐见。长于演述的歌者，心怀崇敬，且行且咏，在时光中自由穿梭，将格萨尔散落在民间的英雄事迹，化零为整，连缀成篇，最终成为腹藏万千诗行的民间诗神，而传唱英雄史诗便成为他们的毕生使命。

现在，我们将引领小读者开启了解格萨尔的传奇之旅。

| 格萨尔演述场景 |

上方天界遣使下凡

| 上方天界遣使下凡 |

作为介绍格萨尔王史诗的叙事基石，"上方天界遣使下凡"在史诗整体结构中占据举足轻重的地位。"上方天界遣使下凡"由三个核心篇目构成，它们分别是《天岭卜筮》《英雄诞生》和《赛马称王》。

天岭卜筮

诗中唱道：从前，南瞻部洲的雪域藏土，战乱纷起，妖魔横行，民不聊生。大慈大悲观世音菩萨看到世间困苦，心中不忍，于是向西方极乐世界的主宰世尊阿弥陀佛祈祷，祈请解脱困苦之道。阿弥陀佛召集众天神商议庇佑凡间生灵之策，众神同意派遣一位智勇双全的神子降生人间，降妖伏魔，扫降暴虐，拯救百姓。

在众神之子中，白梵天王的长、中、幼三子力压群雄，脱颖而出，其中幼子堆巴嘎更是人中翘楚，智勇无双，神子中无出其右者。众神一致同意派堆巴嘎降生人间，将众生从五浊恶世中解脱出来。然而神子降生人间需要天时、地利和人和。阿弥陀佛降旨，敕令乌仗那莲花生大师亲赴藏地，安排神子降生人间。

莲花生大师接到法旨后，邀请四方诸佛举行了盛大的法会。诸佛为神子灌顶授记，赐予他神变之能以及无可匹敌的智慧和勇武，并为神子赐名顿珠嘎布。灌顶授记仪式结束后，莲花生大师随即前往人间，为神子安排降生的相关事宜。

话分两头，在雪域高原的多康之地，有一个被称为"岭"的国度。这里牧草丰美，土地肥沃，幅员辽阔，被誉为"花花岭国"。岭国主要由长系、中系、幼系三个部落以及达绒、丹玛、嘉洛和珠等部落联盟组成。物阜民丰、兵强马壮、人多将广的岭国曾是多康地区数一数二的强盛之国，部落之间勠力同心，互助团结，本可以长盛不衰，雄霸一方，然而，事与愿违的是，不仅岭国内部各部落之间常常因为争权夺利而出现各自为政、相互

倾轧的情况，在岭国的外部也常有强邻环伺，危机四伏。

这一天，岭国总管王戎查叉根在叉多南宗城堡中做了一个十分奇特的梦。梦境中一轮金色的太阳从东方的玛卿邦日神山上冉冉升起，阳光洒向雪域高原，笼罩四野的阴霾逐渐褪去，与此同时，从太阳中飞出一支金刚神杵徐徐落在岭国中部的吉杰达日神山上。太阳高挂中天，门郎山巅又出现了一轮新月，新月在众星簇拥下越升越高，顷刻间高山圣湖遍洒光辉，虹影交错，格卓山也披上了一层彩衣。此时，总管王的弟弟僧隆王手持一把白绸座顶、红绸镶边、黄缎流苏、黄金做柄的宝伞，宝伞在僧隆王手中自右向左缓缓转动，西自达色国邦合

山，东至汉地瞻亭山，北抵霍国雍赤湾，南达天竺日曼地区，皆被覆盖在宝伞之下。正当总管王被梦境中的异象所吸引时，一位头戴莲花冠，身着红袍，乘骑白狮，右手拿着金刚杵、左手持三叉戟的上师在一位仙女的指引下来到总管王面前……

从梦中醒来，总管王感到身心舒畅，梦中的所见所感也异常清晰。睿智沉稳的总管王意识到这场梦不寻常，定有所指，因此派出信使传书各地，召集各部落头人前来集会，共解梦兆。头人们收到信件后，扬鞭催马，日夜兼程，从四面八方向岭国的东山龙城汇聚而来。

各部落头人如期而至，济济一堂，总管王将梦中所见从头到尾详细地讲了

一遍，几位德高望重的头人一致认为梦中所示为祥瑞之兆，其中阳光普照雪域，预示佛法广布；金刚杵高落神山，预示天降神子；格卓神山身披彩衣，预示神父系出念族；圣湖玛旁雍措光华四溢，预示神母来自龙族。僧隆王将是神子的人间之父，宝伞所及当为神子统领之地。岭国上下对梦兆授记的解释表示认可，为此举行了大型会供和祝祷仪式，并热切地期待着将要发生的一切。

而莲花生大师也接到阿弥陀佛的法旨，前往人间安排神子降生事宜。莲花生大师在五浊恶世目睹妖魔横行，百姓困苦，意识到若要神子具备征服和度化一切妖魔鬼怪的力量和智慧，就

必须使其投生于念族和龙族中。于是，莲花生大师决意前往龙宫求娶龙女。彼时，龙族正在遭受瘟疫的侵袭，苦不堪言，莲花生大师见此情景，立即施展神通，祛病逐疫，帮助龙族摆脱了困境。很快，龙族恢复了往日的活力，龙王为感谢莲花生大师的恩德，向大师奉上龙宫的奇珍异宝。面对珍宝，大师不为所动，反而要求龙妃近前听命，龙族上下无不骇异，不知道大师到底会提什么要求。龙妃从莲花生大师处回来后，将大师求娶龙女的要求告诉了龙王，龙族上下虽然对大师的要求多有异议，但是由于大师有恩在先，只得答应大师的要求，将尚未婚配的龙女郭姆以及一项名为"唐肖宫古"的大

帐、十六部龙经以及一头龙蓄绿角母牦牛等宝物作为嫁妆一同送给了莲花生大师，大师随即携龙女和妆奁返回了人间。

莲花生大师返回人间后，首要问题是为龙女找到安身之所。大师祈求上苍，算出噶部落的嘉洛·顿巴嘉措家正是龙女的好去处，于是大师来到噶部落，将龙女托付给顿巴嘉措，并将"唐肖宫古"的大帐赐为嘉洛家族存财宝库、授十六部龙经的供养处，赠龙蓄绿角母牦牛为嘉洛家族的家畜。一切安排妥当以后，莲花生大师随即回天上复命。顿巴嘉措感念大师恩德，收龙女为义女，待她如珠如宝。

英雄诞生

转眼间，龙女郭姆在

噶部落已待了两年零五个多月。按照阿弥陀佛的授记，神子降生的日子也越来越近。这一天，岭国幼系部落头人僧隆王和汉妃拉嘎卓玛所生的儿子嘉查·协尔嘎前往东方汉地省亲，专程拜望皇帝舅舅。嘉查省亲期间，岭国与噶部落发生了一场战争。在这场战争中，岭国虽然征服了噶部落统治下的十八个父系部落，但是总管王的儿子连巴曲杰却不幸命丧敌手，这给岭国造成了巨大损失。总管王深知噶部落国力雄厚，复仇的时机尚不成熟，于是没有将两国交战和折损将帅的情况告诉远在汉地的嘉查。然而，嘉查在返乡途中，却从两名乞丐的口中得知连巴曲杰战死的消息，于是日夜兼程回到了岭国。

嘉查怒发冲冠，直奔总管王的城堡。总管王洞悉嘉查的来意，于是将岭国与噶部落交战的情况一一道来：首先，噶部落受莲花生大师加持护佑，素来资财无边，难以一举歼灭；其次，噶部落头人嘉洛·顿巴嘉措有念神和龙王保护，彻底征服他并非易事。另外，噶部落收留龙女，得到龙族的大帐、龙经和神牛等嫁妆，这些嫁妆对成就岭国的事业具有重要意义，没有斩获它们的万全把握，不能草率行事。最后，总管王权衡利弊，并与嘉查共同商定了对战的方案。

第二天，总管王向岭国各部落派遣信使，通知集结军队和征讨噶部落的相关事宜。这时，早已对岭国幼系部落独大而心存不满的达戎部落头人晁通害怕嘉查功高难敌，于是一封书信将嘉查领兵出征噶部落的消息告诉了嘉洛·顿巴嘉措。顿巴嘉措得到消息，仓皇出逃，慌乱中与龙女走散。龙女驱赶着背驮神帐、龙经和其他宝物的神牛不知不觉走到了一处荒无人烟的地方，前路漫漫，疲累交加的龙女终于支撑不住，坐在地上沉沉睡去……

话说岭国将领到达噶部落的驻地后，发现早已人去帐空，主将嘉查和副将僧达·阿冬、察香·丹玛等人一时束手无策。总管王却已察觉其中的异常，他首先来到阵前稳定军心，然后指定僧隆王问卜吉凶。僧隆王从卦象中看到此行大吉，龙女及其神帐、龙经和神牛等宝物都将不费吹灰之力，悉数归岭国。通敌卖国的晁通对卦象所示颇为不屑，嘲讽僧隆王痴人说梦，并提议如果僧隆王的卦象应验，就将此行所得送给僧隆王。听到晁通的提议，总管王马上表示赞同，并将这一决定传达给岭军。

在噶部落的驻地一无所获的岭军再次启程，就好似双方早有约定一般，岭军在龙女休息的地方与她相遇。正如僧隆王的卦象所示，龙女及其妆奁轻而易举地被岭军截获。根据约定，除龙经和神帐作为公有财产上交国库外，龙女和神牛皆归僧隆王所有。晁通虽然心有不甘，但也无计可施，只得遵从。僧隆王很快将龙女带回家中，汉妃拉嘎卓玛看到明艳动人的龙女，顿时炉火中烧，无论如何也不愿和龙女同住，于是僧隆王在大帐后面特意搭建了一顶小帐房，安排龙女在此安住，并分给她一头母牦牛、一只母绵羊、一只母山羊和一匹母骡马。

这一年的四月初八，龙女与僧隆王睡下后，龙女梦到莲花生大师将一柄金刚杵放在她的头顶，金刚杵随即进入她的体内。龙女醒来后，周身都感到温暖祥和。不久，龙女便发现自己怀孕了，僧隆王、嘉查和总管王知道几年前的梦兆即将成为现实都十分高兴。

过了九个月零八天，天空中电闪雷鸣、花雨纷飞、虹影层叠、仙乐飘飘、瑞兆纷呈，龙女所蓄养的母牦牛、母山羊、母绵羊和母骡马分

别在这一天产羔下驹，龙女也出现了临产的迹象，并很快顺利地生下了一个健壮的儿子。岭国上下知道龙女产子无不欢喜。嘉查前来探望龙女和新生的弟弟，看到龙女产下的孩子灵性非凡，心中十分高兴，为弟弟取名觉如，即格萨尔，祈愿弟弟逢凶化吉，茁壮成长。拉嘎卓玛看到儿子如此疼爱觉如，

| 幼年时期的格萨尔——觉如 |

从此也不再为难龙女母子。

自从觉如诞生以后，图谋不轨的晁通总是惴惴不安。觉如出生时的种种异象预示着这个孩子的不平凡。为了扫除障碍，晁通决定除掉觉如。于是，晁通一反常态，带上酥油、糌粑、糖蜜、茶叶和哈达前来探望龙女母子。晁通一进入龙女的帐房，便不住口地夸赞觉如，还把自己带来的糖蜜和酥油塞给觉如吃。龙女并不知道这些美食已被涂上剧毒，一旦入口即刻毙命，但是觉如对叔叔晁通的诡计了然于心，他大口地吃着糖蜜和酥油、糌粑。晁通本以为奸计得逞，然而觉如却没有一丝不适，反而变得红光满面，更加健壮。

阴谋未能得逞的晁通并不死心，一计不成，再生一计，晁通勾结苯教咒师贡巴热扎，意图施法勾走觉如的生魂，使其毙命。然而觉如有护法、念神、龙神、战神的护佑，咒术对他丝毫没有作用，而贡巴却被护佑觉如的各方神灵逼回修行的洞窟，最终暴毙其中。随后，觉如变成贡巴的样子，从晁通手中得到了作为施咒酬金的福运口袋和神足手杖。晁通没能除掉觉如，还痛失宝物，心中对觉如颇为忌惮，于是暂时收手，打道回府了。

赛马称王

时光荏苒，觉如在岭国已居住了数载。其间，他借助神通征服了很多妖魔鬼怪，赢得了岭国上下的赞誉，非凡的天赋和过人的胆量逐渐显露。达戎部落头人晁通对幼系部落长期把持岭国政务的情况一直心生不满，加之看到僧隆王不仅有虎子嘉查，还诞下神子觉如，眼看幼系部落的势力日益壮大，他内心越发不安。于是晁通下决心在觉如还未成年时，再次设法除掉他。

这一年的冬天，正值筹备年节祭品的时候，依照惯例此次年节所需的野牦牛祭品应当由达戎部落提供。晁通突然心生一计，于是招来七名心腹，吩咐他们约觉如一同去深山密林狩猎，如果觉如中计前往，则在深山密林中将其杀害；如果谋杀计划未能成功，则故意捕猎失败，诬告觉如扰乱祭品筹备，破坏年节祭典，让其难以在岭国立足。七名心腹依计行事，但是反中觉如设下的陷

阱，在密林中难以脱身，使晁通的奸计再次没能得逞。

这年的岭国遭遇雪灾，草场枯竭，人畜不安。另寻牧场、迁居别处显然是岭国唯一的脱困办法。总管王派人四处打听适合迁居的地方，终于在黄河下游找到了一处水草丰美的地方，来往客商称这个地方为"玛麦隆多"，并对掌管此地乃至整个玛域的头人觉如交口称赞。总管王听到这个消息欣喜万分，马上派嘉查探望觉如并将岭国目前面临的困境和迁居打算告诉他。觉如得知哥哥嘉查的来意，无条件答应了岭国各部落迁居玛域的要求，并为各部落分配了草场，就连晁通一家也得到了封地，岭国上下看到觉如行事公允，安排得当，无不

敬服。

转眼间岭国迁居玛域已有五年。这期间，觉如帮助岭国将帅征服擦瓦戎、丹玛、玛燮等国，斩获神箭、青稞、铠甲、盾牌等战利品，岭国的势力逐渐强大起来。

一天，天母南曼嘉茂降下神谕，让觉如冒充马头明王向晁通传达预言，召集岭国各部落商议，以岭国国王

森姜珠牡

的宝座、嘉洛部落头人的女儿森姜珠牡及其彩礼为筹码，举办赛马大会。觉如依令行事。晁通得到神灵授记后，以为自己称王纳妃的时机已到，于是兴冲冲地跑来向总管王提议通过举办赛马大会，为岭国选出一个堪当大任的国王。总管王知道前几年关于神子统领岭国的预言即将实现，于是将计就计同意了晁通的提议，并派信使通知各部落，并强调为公平竞争，岭国上下不论尊卑，所有适龄的男子都可以参加赛马。实际上，这是总管王在为觉如争取参赛资格。晁通自以为有马头明王庇佑，胜券在握，便没有反对总管王的决定。

总管王派去的信使来到觉如母子居住的玛麦隆多，

嘱咐觉如早做准备，如期参赛。觉如虽然深知此次赛马对自己意义重大，不容有失，但是苦于没有参赛的宝马良驹。这时天母降下神谕，让觉如去嘉洛部落找寻宝马，并预示头人的千金森姜珠牡会助他一臂之力。觉如马上前往嘉洛部落，几经周折，他终于在珠牡的帮助下，从众多野马中觅得一匹毛色赤红、耳边长有一撮鹫鸟羽毛的野马。

实际上，这匹野马与觉如缘分匪浅，它由天界白天马和白地马所生，在觉如降生的那一天，天神也安排它降生，只等有一天为觉如效力。觉如获得良驹，欣喜非常，为其赐名"江嘎佩布"。

转眼到了举行赛马大会的日子。这一天，从四面八

珠牡擒马

方赶来参会观礼的人群挤得满山满谷。岭国长系九兄弟、中系八兄弟、幼系七兄弟以及来自岭国各部落的骑手都聚集在赛马场。他们身着新战袍，胯下坐神驹，蓄势待发，只等总管王一声令下，奋力冲向终点。总管王看到骑手准备停当，高声宣布比赛开始。只见一匹匹骏马四蹄翻腾，长鬃飞扬，向终点飞驰而去。

正当岭国的骑手们激烈

角逐时，草原上突然狂风大作，乌云滚滚，斗大的冰雹砸下来，赛场上的骑手们顿时乱作一团。觉如知道这是当地山神在作祟，于是借助神通征服了山神。等比赛再次回到正轨后，觉如若无其事地走在赛马队伍的后面。总管王看到觉如落后，心中十分焦急，催马上前让他快跑。觉如口中答应，却仍然不紧不慢。哥哥嘉查看到觉如心不在焉，勒马上前劝他顺应天意，争夺冠军。这时天母也出现在觉如面前，催促觉如快马加鞭，如果晁通家族夺冠，将对岭国不利。觉如定睛一看，才发现晁通的儿子东赞已遥遥领先，离终点近在咫尺。不容多想，觉如大喝一声，两腿一夹，坐骑江嘎佩布顿时疾驰如飞，瞬间到达了终点。

岭国军民看到觉如夺冠，无不欢呼雀跃，一时间锣鼓齐鸣，彩旗翻飞。觉如在众人的簇拥下登上了国王的宝座。总管王奉上岭国各部落的家谱，侍从为觉如献上战盔、战甲、战靴、宝弓、神箭、金刚杵和利剑，而嘉洛部落的头人不仅将爱女森姜珠牡嫁给了觉如，还奉上了部落一半的财物作为彩礼。晁通看到容光焕发、神采奕奕的觉如端坐在宝座上，顿时妒火中烧，恨不得马上变成觉如，但是事已至此，如今任谁也奈何不了觉如，于是狡猾的晁通顺势向觉如献上了一条哈达，并唱诵了一段赞词，假意恭顺地为觉如冠以"岭·格萨尔王"的尊号。

古人云：天将降大任于斯人也，必先苦其心志，劳其筋骨，饿其体肤，空乏

赛马称王

|格萨尔雕塑群|

其身。在充满危机、困苦和挑战的童年生活中成长的觉如，为自立自强的英雄格萨尔奠定了坚实的基础。在艰难困苦的逆境中自立自强，不断进取，这也是新时代的青少年应当具备的品质。

中间世上各种纷争

| 中间世上各种纷争 |

"中间世上各种纷争"作为史诗的核心情节，主要讲述了"岭·格萨尔王"降妖除魔、济世救民、建功立业的奋斗历程。

四大降魔之部由"魔岭之战""霍岭之战""姜岭之战"和"门岭之战"构成，四大降魔之部被誉为支撑史诗这一华堂广厦的四根擎柱。在广大藏区，降魔四部以波澜壮阔、跌宕起伏的情节为人们所熟知，成为史诗演述曲目中复唱率最高的叙事片段。

自赛马夺魁、荣登王位之后，英雄格萨尔励精图治，先后征服了丹玛、擦瓦戎、玛域等地的魔怪和妖王，不仅夺回了岭国的失地，还获得资财无数。几经鏖战，沧海横流，方显英雄本色，天选之子格萨尔王声威远扬。岭国亦扭转颓势，自此日渐强盛。

然而，对于环伺岭国、随时准备将其吞并的四方魔国而言，岭国的强盛显然是危险的信号。于是，四方魔国蠢蠢欲动，战争的序幕徐徐拉开。

北地降魔

这一天，碧空微云，惠风和煦，格萨尔王出城巡视。一路上铺着花毯，民众手挥彩缎，夹道相迎，格萨尔王看到民安物阜，甚感欣慰。王巡查队伍且停且走，不觉已到邦炯秋姆草场。格萨尔王看到碧空芳草，湖光山色，内心说不出的惬意，他命令巡视队伍在此地暂歇，自己则款步来到澄澈可鉴的卓措湖边。浩渺的湖水映入眼帘，静波千里，为英雄激荡的内心洒下一片宁静。格萨尔王枕臂席地，侧卧湖畔，凝视远方，沉沉地睡去。

梦中，天母朗曼噶姆降至格萨尔王身边，俯身轻轻呼唤睡意正酣的少年英雄，并在梦中降下神谕：神子格萨尔，现在正是征服北方魔国、降伏魔王鲁赞的大好时机。大战在即，切忌行事鲁莽，需做好万全准备。出征魔国之前神子当赴东方查姆寺修持大力降伏法，潜心闭

关二十一日。修法期间，王妃梅萨必须陪同，切勿将她独自留在宫中。

从梦中醒来，格萨尔王立即跨马回宫，并将携王妃梅萨前往查姆寺修法的决定告知众将臣。王妃珠牡听到大王即将离宫修法，且指定梅萨陪同前往，顿时妒火中烧。不能阻止大王离宫修法，就只能假传旨意，让梅萨在宫中留守，自己和大王一同前往查姆寺修法。珠牡依计行事，如愿与格萨尔王一同离宫修行。

斗转星移，格萨尔携珠牡离宫修法已有多日。一天，留守宫中的梅萨做了一个梦，梦中她被从乌云中伸出的大手掳走，远离岭国。从梦中惊醒的梅萨来不及梳洗，马不停蹄地赶到查姆寺

求见格萨尔王，想把所梦所虑向格萨尔王禀告。然而在珠牡的百般阻拦下，梅萨未能如愿，只得悻悻而归。

梅萨回到宫中不久，梦兆就变成了现实。一天，天朗气清，梅萨到宫外散步，当行至一片空旷草地时，一碧如洗的天空突然乌云笼罩，蔽日遮天，随即狂风四起，梅萨在狂风中辨不清方向，只得站在原地。这时乌云中突然伸出一只硕大无比的手，将惊魂未定的梅萨拖入云中，瞬间消失了。梅萨被掳的消息很快传遍了岭国的各个角落。闭关中的格萨尔王听到这个消息，想起当时天母授记，追悔莫及。然而，事已至此，格萨尔王只得定下心神，加倍认真地修习大力降伏法。

是日，已到二十一日之期，格萨尔王结束修习，回到宫中，跨上枣骝战马，向

格萨尔王妃之一——梅萨

北方魔地疾驰而去。北行中格萨尔王被一座黑石山挡住了去路，原来格萨尔王已经进入北地魔国的边境了。

格萨尔王催马上山，很快就来到城门口并叩响城门，从城门内走出一位自称阿达拉姆的妙龄女子。阿达拉姆看到神武英俊的格萨尔王，心生爱慕，她将格萨尔王请进城堡，将自己的身世告诉了他。原来，这位女子是北地魔王鲁赞的妹妹，因能征善战，骁勇无敌，故在此地替鲁赞王把守边境要塞。格萨尔王对这位英姿飒爽的巾帼英雄又敬又爱，两人自此结下良缘，成为爱侣。

格萨尔王与阿达拉姆在边境城堡中逗留数日后，便独自继续踏上北上之路。临行前，阿达拉姆向格萨尔王指明鲁赞王城堡的方向，将自己的宝戒赠予格萨尔王，并告知此宝戒是降伏鲁赞王的法宝，让他一定妥善保管。格萨尔王辞别阿达拉姆，向鲁赞王的城堡疾驰而去。

伏魔路上，艰难险阻自不待言。这一天，格萨尔王终于来到阿达拉姆曾提及的黑白两条大道的交叉口。根据阿达拉姆的提示，格萨尔王选择白路而行，不到一盏茶的工夫，就看到了鲁赞的九尖魔城。

九尖魔城的城门由三头妖把守。三头妖从城内看到格萨尔王毫无惧色向魔城飞驰而来，非常恐慌。格萨尔王来到城门口亮出了阿达拉姆的宝戒，三头妖看到宝戒便恭恭敬敬地将大王请进魔城。夜幕降临，格萨尔王趁三头妖熟睡之际，用利刃砍下它们的三颗头后便离开了魔城，消失在茫茫夜色中。

格萨尔王离开魔城来到一片旷野中，在旷野的尽头看到一座五峰高山。高山上有一个五头妖魔。妖魔看到格萨尔王便耀武扬威，要和格萨尔王一决高下。最终，格萨尔王以超凡的箭术打败了五头妖魔。妖魔臣服于格萨尔王，答应替他去打探鲁赞王和梅萨的消息。

五头妖魔来到九尖城，看到魔王鲁赞和梅萨，假意向鲁赞禀报军情，并将他支开，趁机告诉梅萨，格萨尔王已前来搭救她。梅萨听到大王到来的消息，十分激动。五头妖魔看到梅萨对格萨尔王心意坚定，趁魔王鲁赞又离宫巡视魔境，赶回五峰山，将格萨尔王带进九尖魔城。梅萨看到久违的格萨尔王，悲喜交加，两个人互诉衷肠。

梅萨带着格萨尔王到鲁赞的寝宫中查看。魔王鲁赞使用的餐具、寝具和武器都大出常人好几倍。梅萨看到

格萨尔石刻

鲁赞和格萨尔王的体形差距，忧心忡忡，于是，烹牛宰羊，熬茶煮奶，让格萨尔王尽情享用。很快，格萨尔王变得身强力壮，气宇轩昂。

这天夜里，梅萨将正在酣睡的鲁赞叫醒，魂不守舍地对他说自己被噩梦惊醒，梦中自己右边的发辫被人剪下，此梦不祥，看来昨日五头妖魔所报之事马上就要变成现实，格萨尔王不久就要到此讨战，鲁赞恐怕命不久矣。魔王鲁赞对梅萨的梦兆不以为然，他将自己的寄魂海、寄魂树、寄魂牛的所在一一告诉梅萨，让梅萨放心，格萨尔王即便来到此地，如果他不能除掉自己的三个寄魂物也是枉然。梅萨听完恍然大悟，原来魔王有恃无恐的原因是他将寄魂物藏在了

常人无法想到的地方。

梅萨假装安心睡下，半夜她偷偷跑到格萨尔王处，将鲁赞寄魂物的所在告诉了格萨尔王。原来，鲁赞的寄魂海是魔王仓库里的一碗癞子血，将碗打翻，寄魂海才会干涸；鲁赞的寄魂树需用魔王仓库的金斧子连砍三次，才会砍断；鲁赞的寄魂牛则需用仓库里的玉羽金箭才能射死。梅萨反复嘱咐格萨尔王，除去魔王的三个寄魂物尚不能将其制服。在魔王熟睡时，其额间会有一条金鱼游走，这是魔王的命根子，只有在鱼儿闪光时用箭将其射死，魔王鲁赞才会被彻底消灭。

格萨尔王在魔城中藏身，等待时机。在此期间，格萨尔王顺利将魔王鲁赞的

寄魂海、寄魂树和寄魂牛消灭。没有寄魂物护佑的鲁赞王此时已是气息奄奄，命悬一线。格萨尔王闯入宫中，从箭囊中取出玉羽金箭向魔王射去。此箭虽然射中了魔王，但是并未触及要害。魔王拼尽全力从床上跳起恶狠狠地向格萨尔王扑去，两人顿时扭打在一起，难分难解。梅萨看到魔王背水一战，格萨尔王一时难以取胜，于是连忙将灶灰撒在格萨尔王脚下，把豆子撒在魔王脚下。格萨尔王念动大力伏魔咒，竭力一摔，魔王失去重心，加之被脚下豆子一滑，重重地摔在地上。说时迟，那时快，格萨尔王抽出红刃斩妖剑，将倒地难起的魔王斩为两段。为了防止魔王再次作祟，格萨尔王将魔王的尸首压在了伏魔黑塔下。

此后，格萨尔王任用五头妖为北地魔国大臣，令其改宗佛教，广种善缘。

霍岭之战

在格萨尔王北征魔国的数年间，总管王戎查叉根担负起处理政务的重任，七勇士及三十员大将则各司其职，靖土安民。与岭国物阜民丰、国泰民安的情况不同，霍国因白帐王痛失王妃，郁郁寡欢，荒废政务多日。霍国上下为此忧心不已，商量着为白帐王找一位貌美的王妃。这一天，君臣齐聚一堂，商议派鸽子、布谷鸟、鹦鹉和乌鸦出去打探消息，为白帐王觅得一位情投意合的终身伴侣。

鸽子、布谷鸟和鹦鹉都认为此次差事无论事成与否，都会引起祸事，不如就此离去，各寻逍遥。唯有乌鸦打定主意要替白帐王找到美妃，于是径直向岭国的方向飞去……

此时距离格萨尔王赴北地降魔已三年有余，珠牡王妃日盼夜盼，始终没有格萨尔王的音信。两位侍女看到珠牡王妃终日以泪洗面，便劝她爱惜身体，振作精神。珠牡王妃虽无心打扮，但是为了不使岭国上下忧心、邻邦揣测，只得梳洗换装，两位侍女则在旁侍候。这时，有一只残翎断爪的乌鸦落在窗台上，不断地发出凄厉的叫声。珠牡王妃被乌鸦的叫声搅得心神不宁，忙令侍女将乌鸦赶走。但是，乌鸦哪肯轻易离开，倔强地站在窗台上叫个不停。

珠牡王妃看到乌鸦不走，又急又气，弯腰抓起一把灶灰向它撒去，由于用力过猛，佩戴在王妃左手中指上的宝戒不慎甩出，正好落在了窗边。乌鸦看到一颗珠光闪闪的宝物坠地，扑腾着翅膀俯冲下来，叼起宝戒向远方飞去。

乌鸦的一系列举动非比寻常，珠牡王妃思来想去恐生不祥，于是急忙召集岭国上下仔细计议，卜问吉凶。这边岭国因乌鸦惊扰王妃，举国忧心，那边霍国却因乌鸦带回美女的消息，喜不自禁。白帐王听到岭国珠牡有倾国之貌，早已心痒难耐，一面命令整饬三军，准备出兵岭国，一面派信使通知黑、黄两位帐王兄弟助战。霍岭之战的序幕就此徐徐拉开。

这一天，岭国七勇士之一察香·丹玛外出巡查，行至雅拉赛吾山口，看到山后黑雾笼罩，他凝神静听，只听得人声鼎沸，战马嘶鸣。丹玛立刻催马上山，从山顶俯瞰四周，只见霍国兵马的营帐一个接着一个，几乎覆盖了整个山野。丹玛看到霍军的阵势，意识到一场大战即将到来。丹玛不愧是岭国勇士、格萨尔王的得力战将，看到霍军势焰熏天，他毫不胆怯，毅然决定单人独骑闯霍营打探虚实。

丹玛独闯霍营斩杀敌军无数，离开敌营时还牵走大批战马，扬长而去。

丹玛驱赶霍军战马回到岭国，将霍军集结雅拉赛吾山、想入侵岭国的情况呈报总管王。总管王听到霍军压境的消息后忧心忡忡，连忙召集岭国将领商议军情。岭国七勇士之首、四小王子之一的嘉查·协尔嘎听到霍军已抵边境的消息，不禁怒从心中起。他冲出议事厅，扬鞭催马向雅拉赛吾山疾驰而去。

顷刻间，嘉查已来到离霍营不足一箭之地的地方。霍军看到骁勇善战的嘉查既

岭国七勇士之一的神箭手——察香·丹玛

31

无还手之能，亦无招架之功，很快四散奔逃。嘉查在敌营尽显神威，令敌人闻风丧胆，不仅牵走了霍营中无数战马，还驮走了粮草。

晁通看到岭国将领个个得胜而归，毫无损伤，自己也想逞能，于是主动请战，奔赴霍营。实际上，一向怯懦且心术不正的晁通此次出战自有一番进退有度的如意算盘。晁通一路北行，在离霍营不远的山坳处停了下来。他悄悄爬上山口，俯瞰四周，看到满山满谷的霍军，顿时脚软腿麻，惊惧非常，几乎从山口滚了下来。晁通定了定神，百转心思，霍军势重，如果他孤身闯营，必然凶多吉少，但是就此折回岭国，又不免有损颜面。于是，老谋深算的晁通想出

一计：假扮嘉查闯敌营。嘉查此前独闯敌营大获全胜，如果嘉查再次闯营，敌军一定避之犹恐不及，自己就可以趁乱掳掠一番，回岭国邀功。晁通打定主意，装扮成嘉查的模样，跳上坐骑，奔向霍营。霍军哨兵老远就看到一个貌似嘉查的人向霍营奔来，来不及细看急忙向营内禀告，霍军顿时乱作一团。晁通果然趁乱掳掠了一批战马，看到敌人溃不成军，更没有一兵一卒前来追赶，晁通顿时信心大增。他将战马驱赶到一处山坳里，又假扮成格萨尔王的样子，再次闯营。霍军听说格萨尔王亲征，纷纷四散逃窜。晁通故技重施，又趁乱掳走了一批战马。晁通闯营屡屡获胜，胆子渐渐大了起来。他忘记了自己

是因为假扮嘉查和格萨尔王才吓退敌军的实情，再一次向敌营奔去。实际上，晁通的诡计并没有逃过辛巴·梅乳孜的眼睛，他一直躲在暗处观察着晁通的一举一动。

梅乳孜看见晁通将掳去战马都藏在山坳里，并未及时赶回岭国，于是马上将晁通假扮英雄、多番闯营的情况上报白帐王。白帐王听到臭名昭著的晁通如此戏弄霍军，火冒三丈，命令梅乳孜带队将晁通捉回。梅乳孜未费吹灰之力便将晁通掳去的战马悉数追回，并将丑态百出的晁通押至大帐中。白帐王看到瑟瑟发抖、不停求饶的晁通，计上心来，他恩威并施，要求晁通做霍军入侵岭国的内应，如果攻岭事成，便让他任岭国的管事，否则

就派霍国的精兵强将杀了他。晁通听到白帐王不仅愿意给他一条生路还允许他做岭国的首领，马上拜倒在白帐王的脚下，并极尽巴结奉承之能事，向白帐王承诺随时传递军情，帮助霍军打败

岭国达绒部落首领——晁通

岭国。白帐王将晁通放回岭国，为了掩盖晁通投敌的事实，白帐王还送给他几匹跛脚体弱的马匹充当战利品。晁通赶着这些劣马回到了岭国，并自吹自擂地将自己闯营的过程半真半假地讲了一遍。

岭国将帅和总管王商议着再挫敌军的计策，这时小将昂琼玉达执意要赴前线杀敌。众将虽然赞赏昂琼勇武，但是想到总管王年老，长子和次子又先后战死沙场，只有幼子昂琼这一血脉，因此并不同意昂琼出征。叛臣晁通对昂琼请战却另有一番打算。总管王足智多谋、运筹帷幄，如果他因丧子而意志消沉，难理国事，则晁通就破国称王有望。于是，在晁通的挑唆、怂恿下，昂琼毅然奔赴前线。一场恶战后，逞勇闯营的昂琼虽有嘉查、丹玛、达尔盼和僧达·阿冬等战将护卫，但终因历练尚浅和晁通的通敌出卖而战死沙场。

两军交锋，霍国屡次战败，唯有此次在晁通的配合下获得了小胜，白帐王因此沾沾自喜，信心大增，他下令拔营起寨，全军出发，向岭国边境逼近。第二日，霍军到达黄河边，与岭国形成隔河对阵之势。白帐王委任唐泽玉周为战前先锋，前去叫阵。唐泽玉周得到军令，抖擞精神前去应战。而岭军阵中出战的是七勇士之一的神箭手察香·丹玛。唐泽玉周虽然箭术高超，但根本不是丹玛的对手，不过几个回合唐泽玉周就败下阵来。霍军初战失利，懊恼不已。白帐王召集将帅商议对策，大家一致认为应当向统领四方的玛钦邦喇山祈福，以此获得山神的保护。于是，霍军五十员大将和兵丁由司拉托嘉率领并带上祈福所需物品浩浩荡荡地向神山进发。这支向东进发的霍军很快被岭军哨兵发现。玛钦邦喇山向来是岭国主供神山，也是格萨尔王的寄魂山，在岭国具有举足轻重的地位，岂容敌国恣意妄为，玷污圣地。总管王即刻传令，派遣嘉查、司盼和丹玛前去阻止霍军。三位勇将扬鞭催马，很快赶上了司拉托嘉一行。看到霍军竟敢公然祭祀岭国圣山，践踏岭国河山，嘉查怒不可遏，挥舞雅斯宝刀向霍军冲去，司拉托嘉纵有勇冠三军的本领，也难敌英豪嘉查，几个回合就被嘉查挥刀斩于马下，霍军随即落荒而逃。嘉查乘胜追击，直捣霍营，在丹玛和司盼的协助下，杀敌无数，白帐王吓得龟缩在军帐后的土洞内，瑟瑟发抖。

岭国七勇士之——僧达·阿冬

35

嘉查大宴群臣，犒赏三军，同时安排部署新的作战计划，全力反攻霍军。

岭军长、中、幼三系检点人马，拔营进军，浩浩荡荡向霍军驻地开进，这边霍军只得立即委任日撤部结丑居玛尔为先锋官前来应战。结丑居玛尔来到离岭军大营一箭之地的距离，勒马叫阵。丹玛立刻擎弓上马来到营门口，远远就看见霍军阵前叫战的先锋官。丹玛踢镫催马向霍军奔去，几个回合就让可怜的霍军先锋官命丧魂归。丹玛刚刚回营，岭营中又杀出老将东·曲路·达尔盼。只见达尔盼手持长矛直冲霍军阵中，将霍军杀得溃不成军，死伤无数。霍国连战连败，白帐王为了鼓舞士气，想出了向岭军大营远距离发炮石的诡计。发炮石是一种进攻武器，其操作原理是用炮石架将大大小小的石头向敌方抛掷出去，以达到使其毙命的目的。霍军接到用炮石袭击敌军的消息，纷纷开始搬运大大小小的磐石。岭军得到消息后马上商量对策，总管王胸有成竹，委派岭国七勇士之一的尕德·却江百纳前去应战。尕德素来以炮石为武器，精通各类炮石投射之法。尕德不负众望，不仅击溃了霍军的炮石阵，还杀敌无数。

霍军败绩累累，除了白帐王，上至将军、下至兵卒都不同意再贸然进攻。于是，他们一面构筑防御工事，一面派人回国求援。一天，前方哨兵传来消息，世子拉如拉布、辛巴·朱古巴青、巴图尔赤土南朗等人已带领援军赶到，白帐王大喜过望，立即下令择机再次向岭军进攻。岭国十三青年将领之一、格萨尔王的弟弟戎查·玛尔勒应战。但是年少气盛的玛尔勒哪里是奸佞敌军的对手，敌人布阵，趁玛尔勒不备，刺死了他。

玛尔勒的死讯很快传到了岭军大营，嘉查听到弟弟身亡的消息，心中悲愤交加，他发誓为弟弟报仇雪恨。总管王一边苦劝嘉查留守军中指挥，一边命令其他将帅不可轻举妄动。复仇的火焰已在总管王胸中燃烧，他跨上坐骑，奔出营门，径直向敌营冲去。

总管王果然是久经沙场、能征善战的大将，几个回合便使敌人溃不成军，于是调转马头回到岭军大营。

霍岭之间的对峙争锋已持续数月，严冬已经慢慢靠近。面对寒冬，岭军内部出现了驻扎迎战和退守城堡两种意见。嘉查迫于形势，下令次日撤军。岭军撤军的消息很快被霍军的细作得知，并禀报了白帐王。白帐王得到消息欣喜若狂，连忙传令三军商议进军事宜。岭军退守城堡，分兵把守个个要塞。霍军趁机长驱直入，一路烧杀抢掠，肥美的草原被铁蹄践踏，繁茂的树林被砍伐殆尽，神山的祭坛宝塔被焚烧捣毁，百姓惨遭屠戮，事到如今，唯有暂时退让，等待格萨尔王归国，再作反攻的打算。既然霍军为王妃珠牡的美貌而来，现在也只有随他们的心意。但是要将王妃送去霍国绝无可能，要找一个与珠牡相貌相近的人假扮珠牡去霍国，总管王想到从小与王妃一同长大、熟悉王妃脾气秉性、长相与王妃又有几分相似的莱琼，让莱琼扮成王妃前往霍国是一个两全其美的办法。

岭国总管王

第二日清晨，在岭军的护送下，盛装打扮的莱琼携带大量妆奁和侍女来到了霍国。白帐王认为珠牡已到手，再战无益，于是下令全线撤退，返回霍国。然而，在霍军离开岭国边境的第六天，岭国边境哨兵来报，霍国十万大军正向岭国方向奔来。众人踌躇间，霍军已兵临城下，将嘉卡戎茂城围得水泄不通。为什么霍军去而折返呢？原来又是叛臣晁通作祟，暗中通敌，将岭国以李代桃的计策透露给了白帐王。白帐王得知自己受骗，怒不可遏，迅速召集将帅，他先派十万大军作先锋去嘉卡戎茂城抢回王妃珠牡，自己随后集结全军向岭国进发，支援先锋部队。

霍国十万大军来势汹汹，嘉卡戎茂城的四方城门分别被霍军四大先锋官团团围住，强弓硬弩蓄势待发，炮石软梯严阵以待，就等先锋官一声令下，破门而入，生擒珠牡。把守东门的梅乳孜在城下对着城内的珠牡高声喊话，希望她权衡利弊，主动出城，再嫁霍国，以免岭国上下再遭荼毒。珠牡听到梅乳孜喊话心中愤恨难当，堂堂岭国王妃岂能遭受再嫁的屈辱。宁可玉碎，不为瓦全。珠牡缓缓地走到床榻前的案几旁。案几上摆放着一副格萨尔王出征的披挂、一副宝弓和插有四种宝箭的箭囊。珠牡将披挂一件一件地穿在身上，然后取下格萨尔王的宝弓和箭囊登上了城堡的露台。珠牡站在露台上，看到城内已布满霍军，她张弓搭箭，瞄准敌将，箭无虚发，每一支箭都射中一员敌将。箭囊已空，珠牡放眼遥望岭国的河山，嘴角掠过一丝笑意，她轻轻地闭上眼睛，欲从露台跳下。跟随在王妃身边护驾的将领古如坚赞眼疾手快，急忙死死地拽住了她的衣襟，从而使珠牡轻生的想法未能实现。霍军攻破城门，攻入宫中，王妃珠牡虽然殊死抵抗，最终还是被霍军所俘。

王妃被擒的消息很快传遍了岭国的大小守地。岭国受此奇耻大辱，盛怒之下，嘉查已顾不得部署军队，提刀上马，沿着霍军撤退路线追去。丹玛、达尔盼和岭国其他大将看到嘉查亲征，也都纷纷跳上马紧跟而去。此时的霍军已经越过黄河，在阿息斗塘滩安营扎寨了。岭国大将沿路追来，渡过黄河，径直向雅拉赛吾山奔去，他们计划兵分三路，在雅拉赛吾山堵截霍军。霍军得到消息，连忙商议对策。看到张皇失措的霍军，此时正在霍军大营中的王妃珠牡顿时计上心来。她假意归顺，上前献计，成功帮助岭军摧毁了霍国国宝九连黑铁铜匣。国宝被毁，白帐王顿时醒悟，立即下令将珠牡用黑绳捆绑，吊在营前。

珠牡受尽了风霜雨雪、严威酷刑的折磨，几度昏死过去。危难之际，自小守护珠牡的三只仙鹤自岭国飞来为她遮风挡雨，喂食喂水。珠牡醒来请求仙鹤前往北方魔地请格萨尔王回国，为岭国雪耻。三只仙鹤领命立即向北方魔地飞去。此时，在遥远的北方魔国，格萨尔王正与大臣向宛在宫中下棋对弈，三只仙鹤飞至近前向格萨尔王啼血陈情，将珠牡的嘱托和岭国的现状一一禀告。然而，格萨尔王似乎并不记得岭国，一副事不关己的态度继续下棋。大臣向宛连忙来到三只仙鹤身边，让他们赶往天母贡曼处，求取甘露圣水，以解格萨尔王的痴毒。原来，格萨尔王降伏魔王鲁赞后，梅萨为了独占格萨尔王，暗中在格萨尔王的饭食中下了迷魂药，导致格萨尔王忘记过去而滞留魔国。

三只仙鹤克服艰难险阻飞到天母处，求来了甘露圣水，并将之灌入格萨尔王体内。格萨尔王果然恢复了心智，并想起了岭国的点点滴滴。格萨尔听说老将司盼、弟弟昂琼、玛尔勒战死沙场，心痛难当。但是魔国国事至今未稳，尚需安排部署，格萨尔王暂时不能回国。他将自己继续留在魔国的原因告知仙鹤，让仙鹤转达给岭国，同时以箭为使，向霍军发去了一份复仇的警告。

这一天，撤退的霍军兵分三路向界山雅拉赛吾压来，他们并不知道岭军早有伏兵在此，只等霍军自投罗网。霍军的三路大军与岭军伏兵遭遇后，虽然抵抗反击，但始终未能冲破岭军的封锁。岭军虽然成功拦截霍军，但还是让假扮成普通牧人的白帐王和几位要臣挟持着珠牡及侍婢趁乱逃脱了。

嘉查召集群臣商量下一步的作战计划，丹玛和其他大将认为岭军反击霍军取得大胜，如今应退守岭国，待格萨尔王回国后再议。嘉查与众臣的意见相左，然而众意难违，嘉查只得下令退守，并以取一批箭为由回到了欧曲朝宗城堡。

嘉查与妻儿短暂相聚，交代家事后，踏上了回岭国的路。一路上，嘉查心事重重，行至半路碰到了岭军大将东赞昂欧，嘉查将战马、铠甲、武器交给东赞昂欧，让他带回岭国，自己却徒步走向霍军撤退的必经之路埋伏。嘉查走上一个山包，俯瞰四周，霍军大将梅乳孜和五百兵卒果然在一个隐蔽的山坳里行军。嘉查本已满腔悲愤，看到敌军毫不犹疑地冲杀过去。霍军看到嘉查杀到，知道近身肉搏不是他的对手，于是纷纷弯弓搭箭，箭像雨点一般向嘉查射去，嘉查用宝刀奋力抵御，但是终因寡不敌众，加之没有铠甲护体，身中多箭。梅乳孜看到嘉查中箭，心痛不已，

|格萨尔的哥哥——嘉查·协嘎尔|

勒令停止放箭。梅乳孜为了伤势危重的嘉查，催马要去向唐泽求药，嘉查拦下梅乳孜，为了激励岭军斗志，嘉查只求一死。他奋力举起梅乳孜丢在一旁的长矛向自己腹部刺去，梅乳孜惊恐不已，怔怔地站在原地，不知所措。

嘉查阵亡的消息很快传遍了四方各国，岭军上下悲恸万分，一腔赤胆、忠义两全的嘉查为国捐躯，终于激起了众怒，岭军大将纷纷请战，视死如归。丹玛、达尔盼、尼奔、孕德、僧达、华赛达哇六位英雄齐齐冲出城堡，向霍军撤退的方向追去。六位英雄赶到雅司城堡，用尽办法都没能逼出白帐王及其属下，只得悻悻而归。

时光如梭，转眼间珠牡到霍国已有两年。悠悠两载，

珠牡日夜期盼格萨尔王早日回到岭国。这一天，珠牡以祭神祈福为名登上了霍国的斗则赛哇神山。珠牡在山顶向岭国驻足眺望，看到久别的家乡不禁潸然泪下。突然，三只仙鹤翩翩飞来，落在珠牡身边，它们带来了岭国虽然被晁通占据但是暂时安全的消息。珠牡央求仙鹤再赴北地请求格萨尔王回国。

珠牡三遣使者，格萨尔王终于如梦初醒，此时几次三番被梅萨暗下迷魂药的格萨尔王已在魔国滞留九年之久。得知忠肝义胆的哥哥嘉查战死沙场、王妃珠牡被霍国掳掠、岭国生灵惨遭涂炭的消息，格萨尔王悲愤难当，他冲入马厩准备牵马，岂料坐骑已被梅萨赶入山林不知所踪。格萨尔王已无暇与梅萨争辩，他连忙奔入山林寻找坐骑，天马宝驹听到格萨尔王的召唤，很快从密林深处奔来。格萨尔王跨上宝驹一路驰骋，径直向岭国飞奔而去。梅萨看到格萨尔王归国，慌忙骑上马紧随其后。

三只仙鹤为珠牡送信

格萨尔王归来令岭国上下沉浸在无比的幸福之中，只有为非作歹的晁通吓得魂不附体，慌忙钻入一个由牛皮制成的皮囊中，并躲到了桌子下面，格萨尔王拖出晁通，对其施以重罚，并下令将其流放。

这一天清晨，心中已有应敌之策的格萨尔王召集群臣，表示自己要单人独骑出征霍国，并命令众将留守，等待消息。格萨尔王跨上坐骑，向霍国的方向飞驰而去。一路上，格萨尔王箭射鬼王，降伏魔牛，巧破石岩，斩杀魔怪陀赞，收服魔王姊妹，为岭军讨伐霍国铺平了道路。

格萨尔王一路进发，几日后到达霍国。格萨尔王巧施幻术，化作乞丐来到霍国铁匠王府施展手段，赢得了铁匠王的信任，借住在铁匠王府之内。藏身铁匠王府期间，格萨尔化名唐聂，用神力修复了白帐王的金座和金幢，获得了霍王的信任，并趁机设法将霍国的得力干将一一铲除。

终于到了为岭国雪耻的时刻，格萨尔王以坐骑为信使，派它去岭国送信，下令召集岭国长、中、幼三系部落和其他附属部落马上向霍国进发。由于霍国边境和境内的魔怪都被格萨尔王收服，因此岭军未费吹灰之力就到了霍国雅司城下。白帐王知道兵临之下，早已魂不附体，慌忙下令关闭四方城门，预备弓箭炮石，严防死守。这时，城下的岭军看到格萨尔王现身城头，未及霍军反应，格萨尔王已经将铁链从城头抛了下去。岭军此时正在为攻城无门苦恼，看到铁链自城头垂下，纷纷顺着铁链爬上城头。霍军跑的跑，降的降，岭军很快占领了霍军王城。

格萨尔王进入王宫，揪出抖如筛糠、连连告饶的白帐王，想起战死的王兄嘉查、王弟玛尔勒、老将昂琼，想起被掳掠的王妃珠牡，想起被荼毒的岭国，再也压抑不住心中的怒火，取下坐骑上的马鞍架在了白帐王的身上，抽出宝刀作为马鞭，一跃而起骑在了白帐王身上，让白帐王在城门口来回爬行，然后结果了贪婪残暴的白帐王。

远在守地的梅乳孜和唐泽听说格萨尔王大获全胜的消息，率部投诚，格萨尔王赦免了他们，封唐泽为霍国首领，命二人处理霍国事务，又派穆琼喀德前往囚禁王妃的城堡接回珠牡。格萨尔王和王妃珠牡久别重逢，道不尽的离愁和思念。

格萨尔王妃之一——珠牡

姜岭之战

平复霍国以后，格萨尔王率领大军返回岭国。凯旋的大军受到岭国百姓的夹道欢迎，举国上下载歌载舞，比箭赛马，整整庆祝了七天七夜。此后，格萨尔王励精图治，岭国逐渐恢复了往日的平静，过上了富足的生活。然而，沐浴在平和安宁中的岭国百姓并不知道，一场灾难正在悄然降临。

在岭国的南面，有个邦国名叫姜国。姜国素有人杰地灵、富饶美丽的美誉，然而，姜国的国王萨旦却是一个贪婪无度、肆意妄为的昏君。一日，萨旦王正在玉龙宝露王宫中昏睡，睡梦中，黑魔神降下神谕：岭国的"十二神女"盐海是取之不尽，用之不竭的财富，眼下

姜国夺取盐海的时机已到，应当立刻集结部队进攻岭国。萨旦王从梦中醒来，立刻召集将臣，传达神谕，并与将臣商议进攻岭国、夺取盐海的计划。

姜国蓄势待发，而此时的岭国却浑然不知。这一天，格萨尔王正处理政务，忽然困意袭来，于是倒头沉沉睡去。睡梦中天母南曼嘉茂飘然而至，她告诉格萨尔王姜国兵马即将压境的消息，并降下神谕让格萨尔王将远在霍国的辛巴·梅乳孜召至岭国，并预示他将在姜岭之战中发挥重要作用。格萨尔王从梦中醒来，立刻叫来珠牡、梅萨两位王妃和信使索玛初拉，让他们即刻前往上岭、中岭、下岭和霍国报信，命令各部落集结军队于接到军

令的第二天在玛底雅达塘汇合，共商抗姜大计。

派出信使后，各大部落的兵马在指定地点云集待命，只等梅乳孜率领霍军抵达议事厅。

坐镇霍国的梅乳孜接到军令，心中并不愿奉召赴岭。岭国上下因为嘉查的死对他已经恨之入骨，梅乳孜预感此去岭国恐生事端。信使索玛初拉觉察到梅乳孜的顾虑，苦苦相劝，格萨尔王的德行和岭国将臣的仁义享誉雪域，绝不会辜负梅乳孜的忠肝义胆。梅乳孜敬重格萨尔王，感念大王昔日的宽宥，于是抛下个人安危，率领霍军与信使日夜兼程，赶赴岭国。

梅乳孜一行进入议事厅，首先向格萨尔王献上了祈愿吉祥的哈达，然后向岭国在座的将臣致以敬意。总管王向梅乳孜介绍了萨旦王派兵入侵岭国、意欲夺取盐海的情况，并传达了格萨尔王派遣他担任抗姜先锋官的安排。总管王详述战况后，梅乳孜径直走到人群中央，自豪地向在场君臣历数自己在担任霍军统帅时立下的战功，并表示愿意服从格萨尔王的命令，身先士卒，抗击姜军。丹玛听到梅乳孜在军前夸耀战功，怒不可遏，他走到会场中央，怒视梅乳孜，痛陈其当年入侵岭国、杀害嘉查、掳掠王妃的往事，并表示岭国不需要作为败将降臣的先锋官。丹玛和梅乳孜之间的舌战，很快演变成了岭军两大阵营之间的对峙。看到岭军中出现了接受和反对梅乳孜的两种意见，格萨尔王一时不知如何是好。正在踌躇间忽然听到天母在耳际降下神谕：明日清晨嘉查将降临岭国为丹玛和梅乳孜调停，有缘人都能得见。格萨尔王听到神谕，立即下令暂时散会，待明日再做商议。

次日清晨，在无垠的玛嘎拉底拉塘贡玛草滩上，突然出现了一座令人炫目的大帐。大帐凭空出现不知是吉是凶，岭国上下不知所措，都聚集到议事厅等待格萨尔王。格萨尔王告诉众人大帐是嘉查显圣，此时嘉查正安坐帐中，看到大帐的人皆与嘉查有缘。丹玛听到嘉查降临，立即赶往大帐。一别数年，丹玛和嘉查终于在神帐中相遇，他们共叙阔别之情，嘉查将梅乳孜屡次劝说自己不要单骑出征并在霍军乱箭中保护自己的情况一一告诉了丹玛。丹玛得知实情，懊

格萨尔唐卡

48

悔不已，他辞别嘉查回到议事厅，向格萨尔王禀明自己愿意冰释前嫌，与梅乳孜并肩作战。

这时，备战许久的姜国派出了一支开路先锋军向岭国进发。这支大军由姜国王子玉拉托居尔带领，大将泽玛克杰和屈拉本波作为左右副将，旗下一百二十个骑兵个个精壮。岭国得到哨兵的报告，立即商量对敌之策。姜国国富民强、兵多将广，王子更是威名远扬，大家一致认为对付姜国先锋军只能智取，不可强攻。于是，格萨尔王派出梅乳孜为先锋官，由他带领一支队伍，先去智取王子玉拉托居尔，岭国大军随后支援，将入侵岭国的敌军一举歼灭。梅乳孜领命立刻出发，带领队伍日夜兼

程，很快便来到了岭国盐海，并在海边驻扎巡查数日。

这一天，远处忽然尘风四起，只见一位少年身骑一匹青色骏马向海边疾驰而来。梅乳孜定睛一看，来人不是别人，正是姜王萨旦之子玉拉托居尔。玉拉托居尔少年英豪且战功赫赫，和他硬拼绝非上策，只能智取。梅乳孜想到此，立即取出纸笔写了一封长信，并从箭囊中取出一支箭，将信拴在了箭杆上。事毕，梅乳孜扮作信使的模样在盐海边休息。而此时玉拉托居尔一行人已来到盐海边，坐在海边的梅乳孜立即引起了他的注意。他上前询问梅乳孜的来历，梅乳孜谎称自己来自霍国，是白帐王派去姜国的信使，此行的目的是为白帐王的儿

子求亲。玉拉王子对梅乳孜的说辞信以为真，霍国物阜民丰，尚在闺中的玉拉公主能够嫁给白帐王之子当然是一桩好姻缘。玉拉王子因为姐姐得配良婿欣喜不已，于是邀请梅乳孜一同饮酒庆贺。二人席地而坐，推杯换盏，开怀畅饮，玉拉王子不胜酒力，很快便醉倒睡去。梅乳孜趁他酒醉酣睡之际，用牛毛绳将其五花大绑，秘密驮回岭国。

格萨尔王看到先锋部队生擒姜国王子玉拉非常高兴，立刻对梅乳孜予以嘉奖。梅乳孜初立战功，意气风发，再次请战去捉拿敌军将帅。梅乳孜巧施连环计，先后擒获姜国几员大将。先后损失几员大将，终于引起了姜国统帅珠扎白登桂布的怀疑，

当梅乳孜再次折返请人手帮忙，珠扎白登桂布立即逮捕梅乳孜，并把他关了起来。

格萨尔王苦等梅乳孜回营报信，见他迟迟未归，料定梅乳孜已被姜军擒拿，立即下令全军向盐海进发。岭国数万雄师浩浩荡荡向盐海方向而去。

岭军左、中、右三翼与姜军上、中、下三路在盐海边相遇，仇敌见面分外眼红，一场恶战不可避免。姜岭两军苦战三天三夜，最终姜国统帅珠扎白登桂布死在丹玛刀下，才玛克吉负伤逃回了姜国。

姜国萨旦王听说先锋军战败的消息，怒不可遏，立即下令姜国一百八十万军马倾城出动，夺回王子，为战死的大将报仇。萨旦王亲征，

鼓舞了大军士气，姜国大军声势赫赫向岭国进发，而此时的岭军也乘胜追击，正朝姜国而来。没过几日，两军便在日那奔黑山下相遇，岭军首战派出丹玛，姜军也不甘示弱，派出法王贡嘎吉美与丹玛对敌。贡嘎吉美在姜国颇有威望，只见他绰弓上马径直向丹玛飞奔而来。在离丹玛一箭之地的地方，贡嘎吉美从箭囊中取出毒箭，向丹玛奋力射去，当毒箭射到丹玛身上时，被丹玛护身甲挡了回来，并未伤到他半分。贡嘎吉美看到丹玛如此勇武，气势骤减，丹玛催马上前，手起刀落，将贡嘎吉

盐海

美斩于马下。

过了几日，萨旦王按捺不住心中的怒火，再次集结部队出城叫战。格萨尔王由于得到天母神谕，知道除掉萨旦王的诀窍，因此并不着急应战。连续几天，岭军都未出营盘，萨旦王无奈只得出城巡查，当行至一泉眼处，萨旦王突然口渴难耐，于是下马去饮泉水。格萨尔王趁萨旦王饮水之际，变作金鱼钻入其腹中，又在腹中变成一个千辐轮。千辐轮在萨旦王腹中不停地转动，萨旦王很快就死在了泉边。

萨旦王一死，姜国大军也如一盘散沙，溃不成军。岭军乘胜追击，歼灭了姜军残部，攻破了姜国王城。

门岭之战

有一天，正在修行闭关的格萨尔王得到白梵天王的授记，原来在格萨尔幼年时期，晁通是岭国的首领。当时，门国大将阿琼格如、穆琼古如带着十五万人马不仅抢走了岭国达绒十八部落的马匹、粮食和牛羊，还抢走了国宝——六匹御用蟒龙缎。晁通也曾率领精兵强将前去讨伐，结局却是损兵折将，岭军也只得悻悻而归。

格萨尔王得到白梵天王的授记，细细思量对策。岭国刚刚经历一场大战，尚未恢复元气，草率进军只会适得其反。讨伐门国之事，目前只得假授计于晁通叔父，看他如何应对。思量至此，格萨尔王马上化作一只白鸟朝达绒部落方向飞去。此时晁通正在布弱宁宗坚堡中修法，忽然一只白鸟落在窗沿。白鸟自称达绒部落的命根鸟，它扑棱着白翎向晁通传达了攻打门国的命令，并告诉晁通为爱子拉郭绷鲁迎娶门国公主梅朵拉泽的时机已到。晁通听了心中乐开了花，马上吩咐侍臣备马，然后马不停蹄地向森周达泽城疾驰而去。

一天，格萨尔王正在城堡中处理政务，晁通上气不接下气地走进大殿。格萨尔王看到晁通便故作疑惑地问其来意。晁通装出一副关心岭国命运的样子，将门国当年入侵岭国、抢掠财物、霸占国宝、杀害将臣的情况添油加醋地上报格萨尔王。他声称讨伐门国、一雪前耻的时机已到，岭国此次出兵定能凯旋，到那时还要请格萨尔王赐婚，将门国公主梅朵拉泽许配给爱子拉郭绷鲁。格萨尔王听到晁通的奏报与白梵天王的授记一致，认为攻打门国的机缘确实已经成熟，于是下令派遣信使传书各地，召集各邦国部落首领前来集会。

次日清晨，岭国军马渐次开往噶雪然玛三岔地扎营住宿。众英雄云集在格萨尔王的帐内，虎将察香·丹玛向全军下达了讨伐门国的战略部署。众将依令而行，大军分批开拔，并于约定时间到达门国境内的牟塘大草原。此时，恰逢门国辛赤王登上东日朗宗坚堡，瞭望巡视，只见极目之处的牟塘草原军帐遍野，兵卒无数，不知是何来路。辛赤王立即派遣门国大将达瓦曹赞和内务大臣古拉脱杰前去查问一番，二位大将跨马来到牟塘草原，远远地就看见军营中跃出一位身骑青龙马的少年向他们奔来。玉拉托居尔打马上前，将岭国此行主要为求娶门国公主梅朵拉泽而来的情况告知两位大将，请他们回国禀报辛赤王。两位大将对玉拉托居尔的说辞虽然将信将疑，但是也只得回去如实禀报。辛赤王听到奏报，顿时怒不可遏，他认为岭国此行只为求娶公主的说辞纯属信口雌黄，对方的真实目的是攻打门国，侵吞资财。

辛赤王料定岭军此行的真正目的是攻打门国，于是立即清点人马，排兵布阵：首先，以三日为限，门国大军屯驻忆母滩；其次，派遣大将达牟东堆、玉茹明青及其随员和五千名甲士，进驻门国各渡口，堵住白勒静绕上渡口、诺布穷绕中渡口和阿噶朵绕下渡口；再次，各地将士严守要塞，不得擅离职守。辛赤王命令大军依计行事，既堵住岭军退路，又阻断敌国援军，方能占得先机，进退自如。

正当辛赤王调兵遣将、派兵布阵之时，运筹帷幄的总管王向格萨尔王提议派遣精兵强将前去抢占门国三大渡口，并详述了占领渡口的重要性。

兵贵神速，战术已定，岭国各路大将迅速出发，三路大军很快就来到了门国南河畔，依令行事，纷纷从指定的渡口涉水抢渡。正在这时，早有戒备的门国大将达牟东堆和玉茹明清及其随从五千骑士突然出现在渡口，将南河上、中、下三渡口围得水泄不通。说时迟，那时快，达牟东堆从箭囊中取出五支快箭，搭上宝弓向岭军射去。五支箭不偏不倚地向三路抢渡岭军飞去，虽然未能伤及三路岭军的统帅，但是岭国兵卒却遭射杀。梅乳孜见此，怒从心头起，奋力举起黑铁九叉枪向达牟东堆投去，达牟东堆应声倒地。主帅一死，门军立刻乱成一团，四散奔逃。副将达牟尺赞奋起反抗，将一支毒箭搭在弓上向阿达拉姆射去，阿达拉姆取出神箭宝弓向达牟尺赞回射一箭，达牟尺赞未及躲闪，身中一箭，滚下马背，阿达拉姆麾下三将迅速上前，一刀结果了奄奄一息的达牟尺赞。就在梅乳孜队伍抢渡碧水渡口、射杀门将

之时，玉拉托居尔也成功制服了大将玉茹明清，平安渡河，在河对岸的艾玛滩安营扎寨。此后几天，岭国三十位大将率部纷纷渡河，在艾玛滩会师。

门军首战损失惨重，逃回忆母滩残部将岭国抢占渡口、几员大将战死的情况向驻军主帅古拉脱杰据实禀告。古拉脱杰闻此奏报义愤填膺，立即披挂三械，手持大纛，单枪匹马向岭营飞奔而来。统帅丹玛听到哨探来报，立刻绰弓上马，向古拉脱杰疾驰而来。丹玛为了抢占先机，立于马上向古拉射出一箭。丹玛的神箭虽然击碎了古拉的铠甲，但是并未伤其根本。古拉抖擞精神，奋力向丹玛射出一支毒箭，毒箭的毒液四溅，丹玛未及反应

就因毒气侵体失去知觉，不省人事。大将梅乳孜、阿达拉姆、巴拉、玉拉托居尔和珠尕德等英雄看到老将丹玛负伤，先后冲出营寨，有的去追击古拉，有的搀着丹玛回到岭营。古拉脱杰甩开追击，顺利回到门国，将岭军的动向和双方交战的情况上报辛赤王。辛赤王听到古拉的禀报，对先锋部队的战绩表示满意，对古拉也给予嘉奖，并再率四位大将前去讨战。

辛赤王率四位大将亲征，以迅雷不及掩耳之势冲入岭军大营，丹玛和巴拉部的兵卒死伤无数。随后五人又依次冲入岭军左寨、中寨、右寨，杀伤无数岭兵。

岭军战败，大将玉拉托居尔愤懑满腹，他准备单枪闯敌营，为战死的同袍报仇雪恨。总管王恐遭不测，忙叫虎将巴拉紧随其后，前去助战。玉拉托居尔冲入敌营，巴拉紧随其后。玉拉托居尔盛怒之下势不可挡，门国大将达瓦曹赞和拉郭绷仁为保大本营，决计誓死阻挡玉拉托居尔。二将取出宝弓神箭，横挡在玉拉托居尔和巴拉身前。然而，二将使尽浑身解数，仍然伤不了玉拉托居尔和巴拉分毫，达瓦曹赞还反被玉拉托居尔、巴拉生擒并投入岭国地牢。

玉拉托居尔和巴拉并肩袭营，生擒达瓦曹赞，还杀伤兵卒无数，桩桩件件都让主帅古拉脱杰怒火填胸。他召集麾下四员虎将，商议反攻计划，大家一致同意夜袭岭军大营。五人先回各自军帐准备，并约定傍晚启程。

傍晚时分，古拉脱杰等五人向岭营出发，一路上，五人将岭国的暗探和哨兵一一解除，导致门军袭营的消息没有及时传回岭营。危险正在悄悄靠近，此时正坐镇军中的格萨尔王忽然看到天母出现在虚空中，悄悄向他传递了危险的信号和御敌的良策。格萨尔王得到授记，立即秘传军令，要求全军依计行事。夜色朦胧之际，敌军五将行抵岭营，看到上、中、下三寨灯熄火灭，悄无人息，料想岭军已经睡下。于是，随着古拉的一声令下，五将跳入岭营，正准备逞能施威时，没想到岭军从四面八方冲来，五将虽然砍杀了一部分岭军，但主帅古拉被格萨尔王和阿达拉姆各刺一

剑，身负重伤。古拉等五将看到岭军早有准备，只得迅速调转马头，跑回门国大营。过了几日，古拉的伤势渐渐恢复，袭营讨战之心又起，于是披挂三械、踏镫上马向岭营疾驰而来。岭军哨探看到古拉立即吹响螺号，集结队伍，准备抗敌。古拉讨战，首先应战的是珠尕德，随后丹玛、梅乳孜、玉拉托居尔等将一一出战。古拉素来以威猛著称，岭军几员大将与他苦战数百个回合，终将其斩于马下。

古拉战死的消息传到门国大营，众将心痛不已，辛赤王更是怒不可遏，他决定再一次亲征，为古拉复仇。辛赤王来到军前，清点人马，抽调虎将，披挂催马，向岭营飞驰而去。敌军多次袭营，

岭军早有准备，以备不测。预备袭营的君臣五人行抵岭营左面，辛赤王一声令下，他们齐齐跳入岭营，准备大开杀戒。然而，岭军丹玛、色巴尼绷达亚、牟江仁青达鲁等将早已披挂齐整，出战

| 格萨尔石刻 |

迎敌。两军大将缠斗数十个回合，门军损失两员大将和无数兵卒，辛赤王看到己方损失惨重，气急败坏，连忙绰弓搭箭，向正在与门军厮杀的唐孜玉竹射去，唐孜玉竹未及躲避，当场殒命。格萨尔王听闻辛赤王射杀唐孜玉竹，从火焰黄金宝座上向辛赤王射出一箭，神箭射中坐骑，辛赤王跌下马背，险些被马踩死。冻穹达拉赤噶见大王落马，立即催马上前，将辛赤王扶上自己的坐骑，君臣共乘一马，杀出岭营。归营途中，辛赤王又下旨，在岭军必经之路的阿绷乱石山上埋伏一万伏兵，单等追兵赶来，歼灭追兵。然而，辛赤王的计谋被格萨尔王识破，他特赐一枚破石穿山的神箭给丹玛，派遣丹玛前去

阿绷乱石山。丹玛领命前往乱石山，向乱石丛射去一箭，顿时山崩地裂，碎石横飞，辛赤王埋伏在那儿的伏兵有的被飞石砸中，有的摔下山崖。

过了数日，格萨尔王与众将臣商议下一步计策。神子扎拉泽嘉遵照大王旨意，为次日消灭忆母塘敌军和包围南站各大要塞详细部署。次日清晨，岭军势如破竹，征服南寨后步步紧逼，将驻扎在忆母滩的门军一举歼灭，并在原地建起了更加宏伟的大帐。岭军在忆母滩休整几日，就向门国王城发起了总攻。

辛赤王听到岭军已向王城进发的奏报，顿时慌了手脚。为今之计就是派人赴汉地请援军，助门国一臂之力。

加玉登巴协尼领旨率部出城，却被拉郭绷鲁斩于马下，随行的兵卒也纷纷投诚，求援之事也只得作罢。就在拉郭绷鲁斩杀加玉登巴协尼的同一天，驻守玉竹金宗城堡的玉竹巴杰也率部向岭将玉拉托居尔投诚。岭军看到敌国城堡竖起岭军大旗，知道玉拉托居尔已成功夺城，于是纷纷请战进攻门国各个城堡要塞。一番苦战后，拉郭绷鲁和珠尕德攻破玛加赤宗大城堡，并将其付之一炬；巴拉和丹玛攻克达牟绒查宗城堡和花虎城堡，生擒守城大将冻穹达拉赤噶；神子扎拉、丹玛、玉拉托居尔和霍尔辛巴等将占领了门国东西南北四大城堡。岭军将领攻破门国各大堡寨，最后，众将齐攻辛赤王的东日朗宗宫

藏式城堡

堡。东日郎宗宫堡虽然坚固，但是也难抵御岭军进攻，宫堡东西南北四方城门很快被岭军攻破，门国虎将伦青吉美和达贡巴则率部出城应战，最终难敌神兵，负重伤逃回宫，麾下兵卒死伤过半，其余也向岭国投诚，岭军冲

入东日朗宗宫堡。辛赤王得知岭军攻入城堡，门国大势已去，于是慌忙携王妃、公主等家眷爬天梯逃跑。格萨尔王识破了辛赤王的诡计，立即弯弓搭箭向天梯射去，天梯应声坍塌，辛赤王也自云端跌落。

辛赤王暴毙，门军残部投诚，格萨尔王赦免了门国所有投诚的人，委任冻穹达拉赤噶为门国首领。梅朵拉泽被格萨尔王的宽厚仁德所感动，献出了门国宝库和粮仓的钥匙。格萨尔王遵照天神的授记，将公主梅朵拉泽许配给达绒部落公子拉郭绷鲁。

十八大宗

最后说一下，如果说"降魔四部"是支撑史诗这一华堂广厦的四根擎柱，那么"十八大宗"就是装点广厦的飞檐、彩墙、画栋、雕梁。"降魔四部"奠定了史诗的思想基础。"十八大宗"则在此之上，从人物、情节、环境等方面进一步丰富和充盈了史诗传统，从而使其历久弥新，熠熠生辉。

一朝赛马，夺魁称王。格萨尔以藏族民众认同的方式成为岭邦国的首领。此后，面对虎视眈眈、伺机入侵的四方敌国，英雄格萨尔带领

格萨尔铜塑

邦国大将，励精图治，将包括北地、霍、姜和门在内的四大敌国以及大小不一的邦国一一收服，为岭国和谐、百姓安居创造了良好的环境，实现了其为民请命的人生理想。

下方地狱完成业果

| 下方地狱完成业果 |

诗人常将英雄的一生总结为：上方天界遣使下凡，中间世上各种纷争，下方地狱完成业果。如果我们将史诗的叙事结构视为一个开放的环形结构，那么"下方地狱完成业果"既是史诗的尾声，同时也是史诗主人公回天复命、命运轮回的开篇。

格萨尔王戎马一生，四方征战，扶危救困，解民倒悬。这一年，嘉国受难，魔妃祸国，民不聊生，嘉国公主遣人向岭国求助。嘉岭两国素来交好，嘉国求助，格萨尔王义不容辞，立即集结队伍赴嘉国解困。格萨尔王赴嘉期间，随格萨尔王南征北战、立下汗马功劳的王妃阿达拉姆病重不治身亡，总管王为了避免格萨尔王分心，下令暂时隐瞒阿达拉姆的死讯。

格萨尔王铲除魔妃、凯旋后，惊闻王妃离世噩耗，悲痛不已。格萨尔王口念一诀，神思在三界穿行，寻找爱妃的身影。最终，在无边地狱发现了正在受难的阿达拉姆。格萨尔王看到爱妃受难，悲愤不已，于是身跨战马来到地狱之门，大喝一声，声震三界，地狱之门轰然倒塌，狱役四散遁逃。阎罗王急命狱卒查看，得知是格萨尔王来探地府，于是即命人请进来。格萨尔王怒气冲冲地迈进门来，左手挥刀劈烂了油锅，右臂甩弓撞翻了铁柱。见到阎罗王，格萨尔王仍难消怒气，声声控诉爱妃阿达拉姆被狱役拘入地狱，受尽折磨。格萨尔王质问阎罗王何以如此不辨是非，将崇佛驱邪的有功之臣打入地狱。阎罗王听完格萨尔王的申诉，命狱卒取来生死命簿，备陈阿达拉姆征战一生，杀敌无数，血债累累。格萨尔王心知她难逃此劫，但是又不忍她继续受难，于是问阎罗王解脱之法。阎罗王示意格萨尔王前去拜谒莲花生大师，请大师指点迷津。格萨尔王立即来到大师修行之地，莲花生大师已知格萨尔王的来意，于是亲授渡劫密咒。格萨尔王获赐救妻之法，

复回地狱，即刻念动密咒，顿时油煎火燎的地狱变得静谧祥和，地狱数亿亡魂得到解脱，身陷火狱的阿达拉姆也被超度到天界净土。

格萨尔王复回人间，岭国君臣无不雀跃，欢迎庆典足足持续了十天。此后，格萨尔王闭关修行，为岭国众生祈福驱邪。修行期间，格萨尔王再得神启，授意他周游净土，遍访部洲。此外，格萨尔王在修行中意识到自己的母亲将不久于人世，他悲伤不已，但是神意难为，他必须尽早出发。格萨尔王为母亲郭姆献上了长寿福宝，借此祈愿母亲健康长寿，然后毅然踏上了神启之路。格萨尔走后一百天，郭姆在思子之痛中怅然离世。岭国上下无不悲恸，格萨尔王行

踪难觅，总管王只得做主治丧，岭国军民齐心协力，为郭姆举行了四十九天的丧礼。

丧礼过后，格萨尔王驾云归来，总管王不敢欺瞒，将郭姆辞世的消息如实向格萨尔王呈报。格萨尔王虽然早已预知母亲大限已至，但是至亲离世，仍然令他哀恸难忍。格萨尔王略定心神，在佛国净土找寻母亲往生之所。然而格萨尔王遍寻净土，始终没有母亲的踪影，无奈他只得上下穿梭，在三界间寻觅。让格萨尔王万万没想到的是，他竟然在地狱中看到了备受煎熬的母亲。格萨尔王看到母亲受难，悲愤交加。王妃阿达拉姆生前征战无数，堕入地狱尚情有可原，但是郭姆身为龙女，且生前积德行善，却也堕入地狱。

格萨尔王闯入地狱，上前质问阎王为何将一心向善的龙女郭姆拽入地府，使其受尽折磨。阎王听完格萨尔王的控诉，将原委一一道来。

原来，虽然龙女郭姆一心向善，但是其子格萨尔却一直在征战四方，作为生育和养育格萨尔的郭姆自然难逃罪责，故而堕入地狱。格萨尔王并不认同阎王所言，自己受命于天，为民请命，从未有一丝一毫私心，死于自己刀下的人，不是恶贯满盈的魔王，就是利令智昏的贼首，而且事后均将他们的亡魂渡往净土，自己竟因此成为累及母亲的罪人。听完格萨尔王的控诉，阎王冷笑一声，对格萨尔王说与其在此多作纠缠，不如趁早去解救正在受苦的母亲。一语点醒梦中人，格萨尔王突然意识到多说无益，应设法让母亲脱离苦海。于是，在虎头判官的指引下格萨尔王遍寻地狱，均未见到母亲的身影。然而，一路走来，格萨尔王目睹地狱众生，心生悲悯，遂诚心祈祷，愿他们脱离苦海，早升净土。神子格萨尔王的祷告响彻寰宇，声动三界，刹那间，地狱数亿众生皆获解脱，各得其所，格萨尔王的母亲郭姆也一同飞升净土。

格萨尔王回到人间后，召集岭国臣民，详述自己在地狱的所见所闻，劝诫民众行善积德。格萨尔王也决定今后不再征伐四方，不再让兵器出库……

至此，格萨尔王完成了其降生人间济世安民、勇闯地狱、普度亡魂的人生使命。

格萨尔王地狱之行归来不久，总管王戎查叉根虹化归天。此后数月，格萨尔王的父亲僧伦也因病离世。格萨尔王意识到自己回天复命的时限已到，他回想此生，自上方天界遣使下凡，中间世上各种纷争，直到下方地狱完成业果，降生人间已整整八十一个年头。如今，四方妖魔已经除尽，雪域百姓安居乐业，三界众生安定祥和，自己的使命已经达成，正是回天复命的时候。

格萨尔王立即召集群臣众将，仔细安排岭国政务，对素来勤勉、功勋卓著的将臣论功行赏，对通敌卖国的奸贼佞臣惩罚处置。随后，格萨尔王又命信使召集岭国百姓，齐聚宫外达塘平坝滩，说有要事宣布。很快，岭国百姓着盛装、携家眷来到达塘平坝滩，都想亲眼看到万人敬仰的神子格萨尔。待岭国百姓聚齐，格萨尔王来到达塘平坝滩中央，将自己即将回天复命的情况昭告天下。岭国将臣和百姓听到格萨尔王将回归天庭的消息震惊不已，众人纷纷挽留但是天命难违，格萨尔王虽然对岭国依依不舍，但也无能为力。他将岭国国事交付给嘉查之子扎拉王子，嘱咐他勤勉为政，并再三嘱咐王子：不要挑衅征伐其他邦国，但是如果岭国受欺辱，则要全力出击，保护百姓。王子扎拉苦苦相留，表示自己尚不能统领岭国，格萨尔王再三劝慰勉励王子，命他勇担重任，以民为先。岭国百姓知道格萨尔王去意已决，虽然悲痛不已，但也无可奈何，只得向大王献上最美好的祝福和圣洁的哈达，祈愿格萨尔王在天界永远护佑雪域百姓。格萨尔王的坐骑江嘎佩布此时正在山间与野马群嬉戏，突然，它向天嘶鸣，四蹄翻腾，做出飞升的样子。野马群不知其意，纷纷退避。江嘎佩布口吐人言，向野马告知自己将随格萨尔王回归天界，并将自己的宝鞍、宝镫、无价马鞭和肚绳留给马群中的白臂宝珠马，然后升天而去。此后，随格萨尔王征战四方的火焰雕翎箭和红面斩魔剑也纷纷向天界飞去。

次日清晨，白梵天王、王母、天母、哥哥东琼嘎部、弟弟龙树威琼、妹妹妲莱威嘎、嫂嫂郭嘉噶姆和十万天

格萨尔史诗戏剧——安定三界

神及空行，前来迎接神子堆巴嘎返回天界，在仙乐、奇花、异香和众神的簇拥下，格萨尔王辞别岭国百姓，携王妃珠牡和梅萨返回了天界。

格萨尔王惩恶扬善，扫除威胁，兑现了济世安民的承诺。在英雄的晚年，史诗借助"地狱"的观念，集中体现了藏族民众的人生观和价值观，同时也寄托了民众追求公正和公平的社会原则的希望，可以说是人类理性精神的一种体现。

图书在版编目（ＣＩＰ）数据

格萨尔 / 央吉卓玛编著；林继富本辑主编. -- 哈尔滨：黑龙江少年儿童出版社，2020.12（2021.8重印）
（记住乡愁：留给孩子们的中国民俗文化 / 刘魁立主编. 第五辑，口头传统辑；一）
ISBN 978-7-5319-6522-0

Ⅰ. ①格… Ⅱ. ①央… ②林… Ⅲ. ①藏族－英雄史诗－中国 Ⅳ. ①I222.74

中国版本图书馆CIP数据核字(2021)第003328号

记住乡愁——留给孩子们的中国民俗文化　　　　刘魁立◎主编

第五辑 口头传统辑（一）　　　　　　　　　林继富◎本辑主编

格萨尔 GESAER　　　　　　　　　　　　　央吉卓玛◎编著

出 版 人：商　亮
项目策划：张立新　刘伟波
项目统筹：华　汉
责任编辑：高　彦
整体设计：文思天纵
责任印制：李　妍　王　刚
出版发行：黑龙江少年儿童出版社
　　　　　（黑龙江省哈尔滨市南岗区宜庆小区8号楼 150090）
网　　址：www.lsbook.com.cn
经　　销：全国新华书店
印　　装：北京一鑫印务有限责任公司
开　　本：787 mm×1092 mm　1/16
印　　张：5
字　　数：50千
书　　号：ISBN 978-7-5319-6522-0
版　　次：2020年12月第1版
印　　次：2021年8月第2次印刷
定　　价：35.00元